Les personnages de l'histoire

Madame Delatortue

Tobi

Depuis quelque temps, Julie n'a qu'une idée en tête : devenir vétérinaire. Adieu son grand amour pour les peluches et les licornes ; non, une seule chose compte aujourd'hui pour elle : les animaux, les vrais !

Au début, c'était seulement une passion pour les chevaux, les chats et les pandas ; maintenant, ce sont tous les animaux de la Terre.

Gare à celui qui écraserait une fourmi en sa présence !

Julie veut devenir vétérinaire

Emmanuelle Massonaud

hachette
ÉDUCATION

Couverture : Mélissa Chalot
Réalisation de la couverture : Sylvie Fécamp
Maquette intérieure : Mélissa Chalot
Mise en pages : Typo-Virgule
Illustrations : Thérèse Bonté
Édition : Ludivine Boulicaut
Relecture ortho-typo : Jean-Pierre Leblan

ISBN : 978-2-01-707616-2
© Hachette Livre 2019.

Achevé d'imprimer en Espagne par Unigraf
Dépôt légal : mars 2019 - Édition 01 - 72/0752/6

5

– Sami, tu m'aides à réviser mes animaux, s'il te plaît ? demande Julie en lui tendant toute sa collection de cartes d'animaux en tous genres.

– Encore ! s'écrie Sami agacé, il n'a pas du tout envie d'interrompre sa bande dessinée.

– Allez, sois sympa. S'il te plaît, mon Sami adoré...

– Ok ! cède Sami, mais en échange tu promets de jouer au Cluedo avec moi !

– Ça marche ! accepte Julie.

Sami montre des images à Julie
qui doit reconnaître l'animal.

– Le gorille, la biche, le loup...
C'est fastoche, essaie de trouver
des animaux moins connus.

– D'accord, se réjouit Sami,
tu vas voir...

Et là, c'est le trou noir, Julie n'a
pas encore retenu les noms des
suricates, narvals, ornithorynques,
tapirs ou pangolins...

– Il va falloir que tu continues
à réviser, s'exclame Sami taquin.
Mais d'abord, un Cluedo !

Le lendemain, au parc, Julie peut mettre ses connaissances en pratique. Un oisillon est tombé du nid et se trouve au beau milieu d'une allée, menacé par les poussettes et les trottinettes.

– Écartez-vous ! crie Julie.

Ne le touchez pas !

Léna file chercher le gardien qui doit sûrement avoir une échelle.

– Il faut vite le remettre dans son nid, c'est vital ! assure Julie.

Julie ramasse l'oiseau le plus délicatement possible. Il ne faut pas l'étouffer. Le gardien prend le petit oiseau et grimpe à l'échelle, doucement, il dépose l'oisillon dans son nid.

– Vite ! éloignons-nous, indique Julie. Il faut laisser sa maman revenir et retrouver son petit.

– Mademoiselle, vous êtes une vétérinaire en herbe, la félicite le gardien. Vous connaissez bien les animaux.

Julie rosit de fierté.

Le soir, quand Julie raconte l'aventure à toute la famille réunie, Maman a une idée lumineuse.

– Pourquoi ne demanderais-tu pas à Madame Delatortue de faire un petit stage chez elle ?

– Maman a raison, renchérit Papa. Ainsi, tu pourrais voir de près en quoi consiste le métier de vétérinaire dont tu rêves.

Julie n'y avait pas songé, mais elle est emballée.

Enchantée, Madame Delatortue accueille Julie dans son cabinet. Ce matin, la salle d'attente est envahie de chiens, de chats et de hamsters. Il y a même une dame avec un perroquet et un petit garçon avec un poisson rouge.

Au téléphone, la secrétaire est débordée :

– Non, Monsieur Greco, il n'y a pas de place pour votre python aujourd'hui, le docteur l'a vu hier, il va très bien !

Julie est un peu perdue.

– Docteur, je ne comprends pas pourquoi Myrtille grossit, se lamente une dame.

– Voyons cela, dit le Docteur Delatortue qui commence à examiner Myrtille.

– Qu'en penses-tu, Julie ?

– Elle n'a pas l'air malade, constate Julie.

– Tu as raison, Myrtille se porte très bien, elle va juste avoir des petits. Préparez-vous, elle peut avoir plus de dix bébés...

Le patient suivant est un petit
teckel venu pour ses rappels de
vaccins. La pauvre bête, qui se
souvient parfaitement du docteur
et des piqûres, est terrorisée.

– Madame, restez dans la salle
d'attente, nous allons bien
nous occuper de Lissie.

Julie prend Lissie dans ses bras.
Elle lui caresse la tête et murmure
à son oreille pour l'apaiser.

– Voilà, c'est fait, dit la vétérinaire.
Bravo Julie ! Tu l'as bien
rassurée.

Soudain, il faut tout interrompre, une urgence vient d'arriver, un scooter a renversé un lévrier. Le pauvre chien a une patte qui saigne.

– Plus de peur que de mal, dit le docteur. Je vais lui faire quelques points de suture et lui mettre une attelle.

Julie est un peu inquiète, elle déteste voir souffrir les animaux. Elle ne se sent pas très bien.

La secrétaire vient en renfort et soutient Julie qui vacille.

23

– Ma petite Julie ! Ma petite Julie ! appelle la secrétaire pendant que Julie retrouve peu à peu ses esprits.

– Tiens : prends un sirop de menthe pour te requinquer, lui suggère-t-elle.

Ah, là, là ! j'espère que ce que tu as vu ici ne va pas te dégoûter du beau métier de vétérinaire.

– Non, non, pas du tout ! affirme Julie encore un peu pâlotte, je veux continuer d'aider Madame Delatortue.

25

De retour à la maison, Julie raconte sa journée avec enthousiasme et émotion.

– J'adore soigner les animaux, mais je déteste les voir souffrir, explique-t-elle. Quand j'ai vu ce lévrier avec du sang, ça m'a fait peur.

– C'est normal d'avoir eu peur, la rassure Maman. En tout cas, Madame Delatortue trouve que tu as un merveilleux contact avec les animaux. C'est essentiel quand on veut devenir vétérinaire.

Dès le jour suivant, Julie est fermement décidée à approfondir sa formation de vétérinaire. Elle a pris des bandes et s'applique à faire des attelles à chacune des pattes de Tobi. Bonne pâte, Tobi se laisse faire.

– Que fais-tu, Julie ? demande Papa interloqué.

– J'ai trouvé ma spécialité, répond Julie. Je poserai des attelles aux animaux.

– Ma petite vétérinaire adorée, attelle-toi déjà à mettre la table…

29

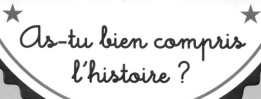

As-tu bien compris l'histoire ?

1 Quelle est la passion de Julie ?

2 Quel est l'animal trouvé dans le parc ?

3 Sais-tu pourquoi Myrtille, la femelle hamster, a grossi ?

4 De quoi a peur le petit teckel ?

5 Sur qui Julie s'entraîne-t-elle à poser des bandages ?

Et toi, qu'en penses-tu ?

Quel métier aimerais-tu faire plus tard ?

As-tu un animal ? Aimerais-tu en avoir un ?

Quel est ton animal préféré ? Pourquoi ?

Et toi, as-tu des passions ?

Connais-tu des races de chiens comme le lévrier ou le teckel ?

Dans la même collection :

Niveau 1
Début de CP

Niveau 2
Milieu de CP

Niveau 3
Fin de CP

Niveau CE1

hachette
ÉDUCATION